رواية

جامينوس والبيغاسوس

حمد انسيوس

د. جُمان الريحاني

إهداء..

إهداء إلى عالم الخيال

وكل المخلوقات الأسطورية والخيالية

جمان الريحاني

جامينوس

جامينوس هي فتاة حالمة، جميلة الوجه،وردية البشرة، ذات خدود وردية، وشفاه بنبونية.

توفيت والدتها في سن السابعة عشر ولكنها أخبرتها قبيل موتها بأنها ليست والدتها البيولوجية، وهي لا تعرف والدتها الحقيقية ولا من تكون، ولكنها كانت تعرف والدها الذي عهد لها بأمواله وابنته قبل وفاته.

وبما أنها لم يكن لديها أطفال، ولا زوج، قررت أن
تعتني بهذه الرضيعة، وقد سافرت بها من المزرعة
حيث كانوا يعيشون وجاءت بها إلى المدينة هنا.

لقد عاشت معها أجمل خمسة عشر سنة من حياتها
وهي ممتنة لوجودها في حياتها.

رغم أن الفتاة كانت تبكي بحرقة لسماعها كل ذلك
الكلام لكن الأكثر ألما كان أن تفقد والدتها التي سهرت
عليها طوال حياتها والتي عرفتها كل تلك السنوات
التي أحسنت تربيتها وعلمتها معنى أن تعيش سعيدة

أخبرتها والدتها بأنها سوف تتعرف على والديها
عندما تبلغ سن الثامنة عشر، وسوف تعرف من أي
عالم جاءا وكيف التقيا.

الأمنية الأخيرة

في البداية لم تفهم جامينوس ما الذي تتكلم عنه والدتها، ولكنها ومن شدة حزنها لم تكن تستفسر عما تقوله ولدتها التي كانت تفارق الحياة

وبعد وفاتها وبعد أن تم الدفن، قرأت جامينوس وصية والدتها بالتبني، فوجدت بأنها تخبرها عن مكان المزرعة التي ولدت فيها

وحيث كانت تعيش مع والديها الحقيقيين، وتطلب منها أن تسافر إلى هناك فورا، وان تبقى في المزرعة حتى عيد ميلادها الثامن عشر، لأنه موعد لقاءها مع والديها.

حققت جامينوس لوالدتها أمنيتها الأخيرة، ونفذت وصيتها، وسافرت من فورها إلى مكان بعيد، مزرعة لا تعلم عنها شيئا فوالدتها لم تذكرها لها سابقا.

وقد تركت وراءها بيتا مليئا بذكريات سعيدة مع والدتها التي لم تعرف غيرها طيلة حياتها، رغم أن البيت حمل حزنا في الفترة الأخيرة عندما كانت والدتها مريضة طريحة الفراش تصارع المرض حتى فتك بها.

المزرعة..

المزرعة مكان هادئ جميل لا تشبه المدينة التي تعج بالناس، في المزرعة عمال يهتمون بها، فيها الكثير من الحيوانات وإسطبلات أحصنة

تم استقبالها من طرف مدبرة المنزل التي تقضي أيام الأسبوع هناك وتسافر إلى عائلتها نهاية الأسبوع.

لم يكن في البيت عمالا، غير مدبرة المنزل، أما باقي العمال الذين يهتمون بالمزرعة والإسطبلات فقد كان لبعضهم مكان خاص للسكن في المزرعة، التي كانت اكبر

مزرعة في تلك المنطقة، ومنهم من يعيش غير بعيد فيقضي يومه في العمل ويعود إلى بيته مساء.

أعجبت جامينوس بالمكان وقد أخذها رئيس العمال في جولة في كل المزرعة وعرفها على كل أركانها

أما بالنسبة للبيت فقد كان خاليا من كلما يرمز لوالديها إلا صورة لوالدها، صورة واحدة لا غير.

أكثر شيء لاق إعجاب جامينوس هو الأحصنة لقد تعلقت بها وأعجبت بها بشكل كبير.

أرادت أن تتعلم ركوب الخيل، لذا بدأت تتعلم على يد احد أقدم مدربي الخيل في مزرعتها والذي اخبرها بان تتشارك مع والدها في حب الخيل والفروسية.

ولكنه لم يستطع أن يخبرها الكثير عن والدها لأنه قال لها بأنه اختفى في ظروف غامضة والبعض يقولون بأنه قد توفي من شدة حزنه على زوجته وقد ترك الطفلة

الصغيرة في عهدة صديقة قديمة كانت تربطه بها علاقة وطيدة وبأخيها أيضا الذي توفي قبل وفاة والدها.

عيد ميلاد الجميلة

مع اقتراب عيد ميلاد جامينوس الثامن عشر أصبحت تراودها أحلام غريبة اعتقدت بان هذه الأحلام هي بسبب تعلقها الجديد بالأحصنة وعالم الخيول

لقد كانت أحلامها متشابهة، كلما أغمضت عينيها تجد نفسها في عالم خيالي مساحات خضرا وأشجار وردية، سماء واسعة وارض واسعة لا حدود لهما.

المكان مليء بالأحصنة، أحصنة بيضاء وأحصنة وردية وأحصنة زرقاء سماوية باللون الأزرق الفاتح.

ولكن ما يجعل العالم عالم خيال أن كل الأحصنة لها أجنحة وتستطيع الطيران لكنها تعيش على تلك الأرض بسلام ومنها ما تعيش عائلات واسر ومنها من تعيش مجموعات

مجموعات وردية لوحدها ومجموعات بيضاء لوحدها ومجموعات زرقاء لوحدها

ولا يوجد أسورا ولا حدود ولا إسطبلات ولا بشر

لكن جامينوس كانت تذهب هناك وتلعب مع الصغار من الأحصنة المجنحة كما أنها تساعدها على تعلم الطيران بل تشجعها بالأحرى

لاحظت جامينوس وجود حصان بري لونه ابيض وله أجنحة سوداء ليس له مثيل بين كل تلك الأحصنة، يقف بعيدا لا يجتمع مع باقي الأحصنة فحاولت اللحاق به لكنه دائما يهرب منها.

إلا انه في يوم لم يهرب منها بل بقي ثابتا مكانه عندما قالت له:

توقف رجاء لا تهرب

أنا لست من هنا

اسمي جامينوس

لا انوي لك الأذى

أنا من البشر

توقف الحصان ولم يهرب فتقدمت منه جامينوس ووضعت يدها على رأسه

عندما استيقظت كان سعيدة جدا بذلك الحلم لقد كان حلما مميزا، وعندما ذهبت لكي تواصل دروسها بالفروسية علمت بان السيد .... المدرب قد مرض لذا طلب إجازة وهذا ما جعله قبل انصرافه يوظف شابا في مكانه

لم يكن احد يعرف الشاب الذي أصبح وصيا على أعمال السيد .... بتوصية منه

انه شاب وسيم جدا بشعر ناعم وعينين واسعتين وشعر ابيض وكأن لونه ابيض وهذا كان غريبا يقولوا بعض العمال انه شيب ولكن الفتى كان شابا في مقتبل العمر

كان الشاب كتوما قليل الكلام كثير العمل لم يكن يقيم هناك في الليل يذهب ولا احد يعلم أين يقيم حقيقة.

لم تكن جامينوس تعمل في المزرعة رغم أنها صاحبة المكان ولكن كانت تتم استشارتها في بعض الأمور فتعطي رأيها رغم قلة خبرتها ولكن رؤساء العمل هناك أرادوا لها أن تتعلم أصول العمل في مزرعتها.

ولكن جامينوس ولسبب ما أصبحت تعمل العمل في الآونة الأخيرة ، لم يكن العمل هو دافعها الحقيقي بل الفضول لقد

أرادت أن تتعرف على ذلك الشاب الوسيم وتوطد علاقتها به لكنه لم يكن اجتماعيا.

ربما أعجبت به وهو الشاب الوحيد في المزرعة وبقية العمال كان بسن اكبر منهما.

أصبحت جامينوس تراقبه طوال النهار من نافذتها خاصة إن لم يكن يوما للتدريب فقد كان هو مدربها ولكن التدريبات كانت يومين في الأسبوع فقط.

لم تكن جامينوس بحاجة للتدريب الكثير لأنها أجادت الأمر وأصبحت تستطيع ركوب الخيل بسهولة إلا أنها أصرت على الشاب أن يتابع تدريبها كما أنها طلبت منه طلبا خاصا آخر مرة.

طلبت منه أن يعلمها كيف تروض حصانا بريا

ابتسم الشاب الذي لم يعتد احد على رؤية ابتسامته، ولم ينطق بكلمة واحدة بل أوما برأسه موافقا على تعليمها.

بعدة عدة أيام تم إحضار أحصنة برية للإسطبلات وقيل أنها أحصنة شاردة

أعجبت جامينوس بالفكرة وأرادت أن تغتنم الفرصة لكي تتعلم ترويض الأحصنة وبالفعل بدأت في دروسها

لقد كان الأمر صعبا ولم يكن بتلك السهولة التي ربما يعتقدها البعض

تعرضت جامينوس لعديد من الحوادث أثناء التدريبات وهذا ما جعل الشاب يوقف التدريب ولكنها أصرت على المواصلة.

لقد ظهر على الشاب قلقه على جامينوس ربما لأنه المسئول عن سلامتها وربما لأنه بدا يهتم لأمرها وكان هذا التفسير الأخير تفسير جامينوس والذي تصر عليه

لقد كانت متعلقة به حقا وهذا ما كانت تقوله لذلك الحصان في أحلامها لقد أصبحت صديقة مع الحصان الذي

استطاعت أن تروضه وقبل عيد ميلادها بأسبوع سمح لها الحصان بان تصعد على ظهره.

هذا تقدم ملحوظ ولكن الشيء الغريب الذي لاحظته جامينوس أول ما صعدت على ظهر الحصان وجود ريشة بيضاء على جانبه الأيسر في جناحه

وقد كانت شبه متأكدة بان جناحيه كانا أسودين

بقيت ترافقه كل ليلة وكلما صعدت على ظهره رأت ريشة جديدة

وفي اليوم الذي سبق عيد مولدها أصر العمال على الاحتفال بها وكان بينهم الشاب فلاحظت جامينوس بعد أن حرك رأسه خصلة سوداء داخل شعره الأبيض لم تلحظها سابقا ولكنها لم تعلق بشيء.

احتفل الجميع بها وكانت الحفلة جميلة رغم بساطتها
والهدايا كانت رائعة جدا منها البسيطة ومنها
المصنوعة يدويا ولكن المهم أنها قدمت بحب

لقاء وقدر

في تلك الليلة وبعد أن غادر البعض سهرت جامينوس مع الفتى وقالت له بأنها كانت تتوقع منه هدية

ورغم قلة كلامه إلا انه قال لها شيئا

قال لها:

أنا لا املك مالا لشراء هدية فهو لم يبق أول راتب له بعد

اعتذرت وقالت بأنها لا تقصد هدية مادية بل هدية معنوية

فقال لـها:

أنت لا تعرفين من أنا

أنا لا أصلح للعيش هنا ولا استطيع أن أقدم لك ما لا املكه

سألته:

وما الذي لا تملكه؟

فقال:

قلبي

جامينوس:

ماذا تقصد؟

الشاب:

إنها قصة طويلة

جامينوس:

أريد أن اسمعها

الشاب:

وفيه أمور من الخيال، قد تقولين أنني مجنون

جامينوس:

كنت أظن أنني أنا المجنونة، لأنه لدي عالم خيالي أعيش فيه لوحدي

الشاب:

لوحدك؟

جامينوس:

نعم بعيدا عن البشر ولكنني لست لوجدي تماما

الشاب:

يمكنني تفهم ذلك

جامينوس:

اخبرني عن قصتك الآن

الشاب:

ما الذي تريدين معرفته بالضبط؟

جامينوس:

كيف أنت لا تمتلك قلبك؟

الشاب:

هل ستصدقين كل كلامي؟

جامينوس:

إن لم اصدق سوف اعتبر نفسي اسمع قصة خيالية
واستمر في التصديق.

الشاب:

يمكنني أن اتفق معك إذن

جامينوس:

قصي علي أنا متشوقة

الشاب:

ولكنها قصة مؤلمة فهي ليست مجرد خيال بالنسبة لي

جامينوس:

كلي آذان صاغية

الشاب:

قلبي قد تم رصده

جامينوس:

كيف ذلك؟

الشاب:

لقد كنت صغيرا حين تم فعل ذلك، إنها امرأة ساحرة وقد فعلت ذلك للانتقام من عمتي

جامينوس:

أنا لا افهم شيئا

الشاب:

حسنا سوف ابدأ لك القصة منذ البداية ولكن لا تقاطعيني

جامينوس:

اتفقنا

الشاب:

كان لدي عمة وهي التي تسهر على تربيتي، لقد كانت الفرد الوحيد المتبقي من عائلتي ولكنها كانت صغيرة السن، أحبت شابا ولكن كان هناك شاب آخر يحبها بدوره

لقد كان الشاب الذي يحبها شريا وكان له أخت شريرة كانا في الحقيقة ساحران

ولكن عمتي رفضته حين تقدم لخطبتها لأنها كانت تشك في انه هو من قتل والدي

كان لعمتي موهبة نادرة لقد كانت تستطيع دخول عالم البشر

جامينوس:

عالم البشر ولكن ماذا تعني؟

الشاب:

لقد وعدتني بعدم المقاطعة

جامينوس:

نعم لقد فعلت،

أنا آسفة ولكنك فاجأتني بكلامك

الشاب:

أنا لست من هذا العالم، ولكن إن أخبرتك اختل توازن عالمي وربما منعت من دخول عالمي أو منعت من دخول عالم البشر

جامينوس:

أكمل ولا تخبرني لا أريد لك الضرر

الشاب:

أنت تصدقينني.. أليس كذلك؟

جامينوس:

لقد قلت لكب انه لا يوجد على سطع الكرة الأرضية من هو خيالي مثلي أنا.

الشاب:

حسنا سوف أكمل كلامي

لقد توفي والداي في حادث ولا يعلم احد حقيقة الأمر ولكن عمتي كانت تشك في الساحران لأنهما اكتسابا قوة بعد موت والدي.

كانت عمتي تعتقد بأنهما قد تحصلا على تلك القوة بقتلهما والي ولكن لم تستطع أن تثبت شيئا لأنها لم تكن تمتلك دليلا.

لقد كانت عمتي تحقد على الساحران وقد سهرت على تربيتي ولم توافق على الزواج بأي شخص

ولكن الساحر كان يحبها ولم يتنوانى عن فكرة الزواج بها وإقناعها بذلك

فكان يتعرض لكل من يتقدم لطلب يدها

لكن عمتي كانت معرضة عن الزواج، حتى حدث أمر آخر

لقد تعرفت عمتي على رجل من البشر ووقع في حبه وهذا ما جعلها بعد فترة من الزمن تقرر الارتباط به

ارتبطت عمتي بذلك الرجل البشري دون علم أي احد ولكن عندما علم الساحر بذلك جن جنونه وقرر ان يفرق بينهما

وهذا ما جعل عمتي تدخل عالمنا وتغلق البوابة التي كانت تستعملها للذهاب إلى عالم البشر

لقد قررت أن تمنع الساحر من الوصول إلى زوجها وابنتها

جامينوس:

لقد أصبح لديها طفلة؟

الشاب:

نعم ولكن دون أن يعلم أي احد

وحدثت المواجهة بينها وبين الساحر وأخته

لقد تغلبت على الساحر وقتلته وهذا ما أثار غضب أخته التي ألقت تعويذة على عمتي وعلي لكي تنتقم لكن عمتي قامت بالتصدي للتعويذة وهذا ما أودى بحياتها وجعل حياتي بائسة.

تمكنا عمتي من التصدي للتعويذة وإرجاعها على الساحرة التي أصيبت في قلبها بالإشعاع الذي عكسته عمتي بعد أن اصطدم بها فماتت هي الأخرى.

وبقيت أنا باللعنة التي جعلت قلبي ليس ملكي

جامينوس:

ماذا تقصد بالضبط؟

حمدانسيوس:

أنا لا استطيع أن أحب ولا وان أعيش مع من أحب

جامينوس:

ولكت هل أنت تحب شخصا؟

حمدانسيوس:

ولكني لن استطيع أن أعيش مع من أحب

جامينوس:

هل يمكنني أن اعترف من تكون الفتاة التي أنت تحبها؟

حمدانسيوس:

وما الفائدة من ذلك الأمر مؤلم حقا، فانا إن أخبرت الفتاة التي أحبها بذلك سوف ينفجر قلبي وأموت فورا

جامينوس:

لا تخبرني من تكون اذن، ولا تخبرها بأنك تحبها رجاء

حمدانسيوس:

لو كنت استطيع لكنت قدمت لها قلبي هدية في عيد مولدها

جامينوس:

استأذن

أنا اشعر بالنعاس سوف اذهب للنوم

الحب المتبادل

لقد فهمت جامينوس من كلام حمدانسيوس بأنه يحبها فعلا وهي التي يشعر بكل تلك المشاعر تجاهها لقد كان الحب باديا في عينيه ويمكنها أن تعش ربه في كلامه ولكنها ورغم غرابة الكلام الذي يبدو غير حقيقي يبدو جنونيا ولكنها عرفت بان هناك ما يمنعه من البوح لها بمشاعره تجاهها.

لقد عرفت بأن ذلك الشاب يبادلها نفس الشعور ولكن هناك ما يمنع ارتباطهما وباختلاف الأسباب وإن كان كلامه

33

مجرد خيال إلا انه مقتنع بكلامه ويرى بان هناك مانعا لارتباطهما.

لقد كانت حزينة لحزنه سعيدة لمعرفتها بأنه يحبها رغم عدم تمكنه من قول ذلك لها بشكل مباشر.

وبعد ساعات من التفكير والتأمل، لقد كانت جامينوس تجلس وتراقب حمدانسيوس الذي لم يكن قد غادر بعد لقد كان يمشي ويتجول في المزرعة مشغول البال حزينا.

وبعد أن تمكن منها النعاس استغرقت في نوم جميل، لقد أغمضت عيناها الساعة الثانية عشر بالضبط.

لم تخلد جامينوس للنوم من تلقاء نفسها بل كان من المفروض أن تخلد للنوم في تلك الساعة بالذات، وذلك لأسباب كانت تجهلها.

وفور أن أغمضت عينيها ودخلت عالم الخيال الذي كانت تزوره في أحلامها وتفاجأت جامينوس بما وجدته هناك

لقد دخلت إلى مكان فسيح مليء بالخضرة والنور وهذه أول مرة ترى بشرا هناك.

لقد كان هناك الكثير من الفتيات يرتدين فساتين وردية وسرب من الرجال يرتدون بذلات بيضاء.

وكان هناك في المنتصف رجال ونساء اكبر سنا يرتدون ملابس زرقاء سماوية.

لقد ذكرها منظرهم بمنظر الأحصنة التي كانت تجدها هناء، مجموعات بحسب اللون.

فاجأها كل هؤلاء بالتهنئة على عيد ميلادها وكلموها وهي تقف جامدة متفاجئة سعيدة وفي نفس الوقت

كانت تتساءل من هؤلاء فالمكان نفسه ذلك المكان الذي كانت تتردد عليه سابقا، ولكن هنا أناس كثيرون يعرفونها وهي لا تعرفهم.

وبعد ذلك اقتربت منها سيدة من المنتصف تلبس لباسا ازرقا وقالت لها:

أنت مندهشة أليس كذلك؟

كما انك تطرحين الكثير من الأسئلة في داخلك أليس كذلك

جامينوس:

نعم وكيف عرفت ذلك؟

السيدة:

أنت تريدين أن تعرفي من نحن وكيف نعرف اسمك وكيف نعرف بأنه اليوم هو عيد ميلادك؟

جامينوس:

نعم سيدتي، ولكن كيف عرفت ذلك؟

السيدة:

نحن جميعا نعرفك فأنت تترددين على عالمنا كثيرا

أليس كذلك؟

جامينوس:

هل تقصدين بأنكم.....

السيدة:

نعم نحن الأحصنة التي كنت تلعبين معها وتتنزهين

برفقتها وتقضين أوقاتا ممتعة هنا أليس كذلك؟

جامينوس:

انتم أحصنة؟

كيف ذلك؟

السيدة:

هل تستغربين وأنت تعيشين في عالم الخيال منذ فترة من الزمن ومعجبة بذلك لا تقولي لي بأنك لا تؤمنين بالخيال

جامينوس:

بلى أؤمن

السيدة:

هناك المزيد؟

لدي خبر جميل لك

جامينوس:

وما هو؟

السيدة:

إنه شيء سوف يسعدك واعتبريها هدية عيد ميلادك الثامن عشر.

جامينوس:

أنا متشوقة؟

السيدة:

انظري هناك باتجاه الأفق سوف تلاحظين نورا وضوء يتجه إليك فركزي عليه.

جامينوس:

حسنا

فعلت جامينوس ما طلبته منها تلك السيدة وإذا بالضوء يتجه إليها شيئا فشيء حتى خف النور وتمكنت من رؤية شخص يأتي باتجاهها.

لقد كانت امرأة جميلة جدا تشبه الملاك، إنها امرأة بلباس ازرق ولها جناحان

السيدة:

هل عرفت من هذه يا جامينوس؟

جامينوس:

لا في الحقيقة أظن أنني اعرفها

اجل لقد تذكرت.. كنت أراها في أحلامي وأنا صغيرة

السيدة:

لا ليس ذلك

ألم تتعرفي عليها؟

جامينوس:

أظن أنني أعرفها حقا

السيدة:

إنها والدتك

بعد ذلك وصلت السيدة إلى جامينوس احتضنتها وقالت لها:

لقد اشتقت إليك كثيرا

جامينوس:

أنت أمي حقا؟

الوالدة:

ألم تخبرك والدتك ( ) بأنك سوف تلتقين بنا أنا ووالدك في عيد مولدك.

جامينوس:

آه لقد تذكرت، نعم لقد أخبرتني، هل سأرى والدي أيضا؟

السيدة:

هذا موضوع آخر ومختلف تماما كما انه معقد بعض الشيء يا جامينوس

جامينوس:

كيف ذلك؟

إن كان يمكنني أن أرى والدي أنا أريد فعل ذلك رجاء

السيدة:

دعينا نحتفل بعيد ميلاد أولا

انه عيد ميلادك الثامن عشر والذي حرر والدتك لكي تعيش هنا لقد كانت سجينة في مكان آخر واليوم قد رجعت إلينا وإليك.

لقد أخبرتها السيدة بأنهم تحولوا جميعا إلى هذا الشكل البشري بعد عيد ميلادها الثامن عشر للاحتفال بها كما انه في عيد مولدها هذا قد تغيرت الكثير من الأمور

احتفلوا وكانوا سعداء كثيرا ومرت السهرة بشكل جيد ولكن جامينوس كانت مشغولة البال وتبحث بعينيها هنا وهناك.

تقدمت والدة جامينوس منها وسألتها وقالت:

أرى انك مشغولة ما الذي تبحثين عنه

لما أنت تنظرين في كل الاتجاهات هل تبحثين عن شيء؟

جامينوس:

لا أبدا

أنا لست مشغولة

الوالدة:

هل تفتقدين أحدا؟

أم أنك تبحثين عن أحد ما؟

جامينوس:

احد ما؟

ماذا تقصدين؟

السيدة:

أنا اعرف عمن تبحث صاحبة الميلاد

الوالدة:

أحقا، أخبريني رجاء

جامينوس:

تخبرك ماذا؟

السيدة:

لا تقلقي يا حبيبتي جامينوس

اخبريها أنت عمن تبحثين وسوف اخبر كانا عن مكانه

لقد شعرت جامينوس بالإحراج مما جعل السيدة تعفيها مما طلبته منها وتواصل كلامها وتقول:

لقد تعرفت على الجميع ولكنك تشعرين بغياب شخص ما، ربما أنت تشعرين بالفضول ومتشوقة لمعرفة شكله كيف يكون، انه الحصان بالأجنحة السوداء، أليس كذلك؟

انه الوحيد الذي غاب عن الحفلة

جامينوس:

وأين هو؟

السيدة:

والدتك سوف تقول لك ما الذي يجري بالضبط

جامينوس:

ولكن ما الذي يحدث؟

السيدة:

لذلك الشاب علاقة بوالدك ولكنني أفضل أن تقول والدتك لكي كل الحكاية

الوالدة:

سوف أخبرك بداية عن والدك

والدك يا عزيزتي لم يمت بل حاول أن ينتقل إلى عالم الخيال ومحاولته هذه جعلتني أتمسك بالحياة ولكنني منعت من عالم البشر وأيضا منعت من عالمي واليوم فقط

تحررت في عيد ميلادك ولكنني لن يسمح لي بزيارة عالم البشر أبدا.

جامينوس:

ماذا تقصدين بأن والدي لم يمت؟

الوالدة:

والدك يا حبيبتي كان مسجونا بين عالم البشر وعالم الخيال مثلي ولكن في مكان آخر، أنا قد تحررت بمجرد بلوغك سن الثامنة عشر ولكن هناك شروط لكي يتحرر والدك

جامينوس:

هل حقا هذا الكلام الذي تقولين؟

أيمكنني أن أرى والدي مرة أخرى؟

الوالدة:

نعم يمكنك في حالة تحققت الشروط التي يطلبها عالم الخيال

جامينوس:

وما هي ؟

الوالدة:

كل الأمور مرتبطة بك يا حبيبتي

جامينوس:

أنا مستعدة لفعل أي شيء لكي أرى والدي مرة ثانية

الوالدة:

لا يطلب منك فعل شيء بل الأمر يتعلق بالمشاعر الصادقة؟

جامينوس:

لست افهم

الوالدة:

هل سؤال واحد يحدد كل شيء

جامينوس:

ما هو؟

الوالدة:

بالنسبة للحصان بالأجنحة السوداء أنت تحبينه كحصان ولكنك لا تعرفين من هو في الحقيقة.

جامينوس:

لا

الوالدة:

ذلك الحصان أجنحته سوداء لأنه تلقى لعنة عندما كان صغير وهذا سبب لون أجنحته

انه هو نفسه الشاب حمدانسيوس

وهو ابن أخي وأنا عمته

جامينوس:

لا اصدق، هل تقصدين بان ما اخبرني به حقيقي

الوالدة:

نعم كل شيء كان حقيقيا

جامينوس:

وأين هو الآن؟

الوالدة:

لا يستطيع الدخول إلى هنا اليوم

جامينوس:

لما ذلك؟

الوالدة:

السؤال الذي يتوقف عليه كل شيء هو سؤال واحد وهو موجه إليك أنت، فهل أنت مستعدة للإجابة عن سؤالي بكل صدق وصراحة؟

جامينوس:

طبعا أنا صادقة وأفضل قول الصراحة دوما، اطرحي سؤالك، أنا مستعدة بصدق وصراحة

الوالدة:

هل تحبين حمدانسيوس؟

جامينوس:

ولكن لما هذا السؤال؟

الوالدة:

لا تجيبي على سؤالي بسؤال، فكري جيدا وأجيبيني

جامينوس:

لكن....

الوالدة:

لا تقولي لكن أجيبيني بكل صراحة ولا تخافي من شيء

جامينوس:

لقد اخبرني...

الوالدة:

لا تفكري في كلامه الآن بل اخبريني عن مشاعرك أنت تجاهه، علما بأنه يحبك كثيرا وله أسبابه التي منعته من البر حلك بحبه، والآن ماذا عنك أنت.

جامينوس:

نعم أنا أحبه

الوالدة:

وهل أنت مستعدة لفعل أي شيء من اجله

جامينوس:

نعم مستعدة

الوالدة:

اسمعيني جيدا.. إن ما ستقومين به هو لأجل تحرير حمدانسيوس من اللعنة التي جعلته بذلك الشكل

كما أنه اذا نجحت في الأمر فان والدك سوف يتمكن من دخول عالم الخيال لكي يعيش معي هنا وأنت يمكنك زيارتنا مع حمدانسيوس بعد أن تقومي بتحريره من تلك اللعنة.

جامينوس:

ولكن كيف ذلك؟ أنا لست أفهم شيئا

الوالدة:

اسمعيني جيدا

لقد جازف حمدانسيوس بان خرج من هذا العالم ودخل إلى عالم البشر ولكن كان ذلك فقط بفضلك فبعد أن دخلت

هذا العالم وتواصلت معه تمكنت من تحريره من عالم الخيال.

ولكنه مازال مرهونا به ويجب عليك أن تحرريه ولكنه يتبادل مع والدك.

والدك يدخل عالم الخيال و حمدانسيوس يخرج إلى عالم البشر هذا شرط لأنني قد خرقت القوانين مرة لذا هذا شرط هذه المرة.

أما بالنسبة لحمدانسيوس ولكي يخرج إلى عالم البشر فهو سيخرج إلى الأبد ولكن لأجل سبب والسبب هو حبه لك

وان كان سيخرج من اجل الحب فيجب عليه التحرر من اللعنة التي ألقتها عليه الساحرة بسببي أنا قديما

جامينوس:

لقد قص لي القصة دون آن يذكر أسماء

الوالدة:

نعم اعلم ذلك

جامينوس:

ولكن كيف أحرره أنا وكيف استطيع فعل ذلك؟

الوالدة:

الرابط الذي بينكما قوي وكلاكما يحب الآخر

ولكن قلبه مرصود.

وبعد أن صرحتي بحبه فانه رصد أكثر ولن يتمكن من
أن يأخذ شكل بشري بعد اليوم لقد فقد القدرة على ذلك
ولكي تحرريه عليك ان تبوحي له بحبك له

جامينوس:

يمكنني فعل ذلك ولكن أين أجده

الوالدة:

الأمر ليس بهذه السهولة

جامينوس:

كيف ذلك

الوالدة:

يجب أن تقنعي عالم الخيال بأنك فعلا تحبيه

جامينوس:

عالم الخيال

الوالدة:

نعم عالم الخيال، يجب أن تأتي كل ليلة إلى هنا وان تقومي بنتف ريشة سوداء من أجنحة حمدانسيوس وأن تغطسيها في قلبك وأن تكتبي بها رسالة له.

واعلمي أن الأمر مؤلم وليس سهلا أبدا

جامينوس:

كيف أغطسها؟

الوالدة:

لا تقلقي سوف تعرفين كل شيء في حينه، عندما تصبحين جاهزة سوف تجدين من يرشدك

لم تر جامينوس حمدانسيوس في تلك الليلة وعندما صحت من نومها كانت المفاجأة لقد وجدت في مزرعتها الحصان بالأجنحة السوداء.

فرحت كثيرا وقد كانت تظن بأنها لن تراه أبدا حتى وان كان في هذا الشكل وليس في شكله البشري الذي أحبته.

الحصان الأزرق بالأجنحة البيضاء

في تلك الليلة وعندما خلدت جمال للنوم دخلت عالم الخيال فوجدت الأحصنة ووجدت حصانا جديدا هناك باللون الأزرق وله أجنحة بيضاء فعلمت بأن تلك هي والدتها بحثت عن احد لكي يساعدها ولكن الأمر كان صعب مع عدم وجود شخص مثلها

كان العالم خيالي جميل ولكنه مليء بالأحصنة وليس هناك من قد تسأله.

وفجأة رأت هناك الحصان بالأجنحة السوداء على تلة بعيد

أسرعت إليه والمسافة كانت وكأنها تزيد لقد تعبت جامينوس وهي تجري باتجاه والمسافة لا تنتهي ولكنها واصلت طريقها حتى وصلت في نهاية المطاف.

لقد اختفى الحصان وفجأة طهر يجري فوق بحيرة، ثم اختفى، ثم ظهر بشكل خيالي بشكل بشري ومد يه إليها ثم اختفى

كان يظهر بعيدا ثم يظهر بالقرب منها ثم يبعد ويقترب مرة أخرى حتى ظهر بشكل واضح أمامها وبجانبها دون أن تجري إليه

وعندما لمسته ووضعت يدها عليه، وجدته حقيقي وليس ككل الصور التي كانت تتراءى لها قبل قليل.

لقد كان الحصان كأنه مشتاق إليها كثيرا

وفجأة رأت نورا يتجه نحوها حتى أصبح أمام عينيها ثم تراءت لها رؤى لقد رأت نفسها في ذلك النور

لقد كانت تفعل شيئا مما جعلها تركز لترى ما الذي اتى به النور

كانت جامينوس ترى نفسها هي والحصان تقف بجانبه ثم أخذت من أحد جناحيه ريشة سوداء

أخذتها ووضعتها في شعرها ثم أخذت بيدها اليمين وأخرجت قلبها من صدرها

فجأة أصبح يقف أمامها حمدانسيوس وليس الحصان حمدانسيوس بشعره الأسود فأعطته القلب لكي يمسكه بكلتا يديه.

وبعد ذلك أخذت الريشة من شعرها وغطستها في القلب الذي يحمله حمدانسيوس فجأة اختفى حمدانسيوس من أمامها وأصبح الحصان بجانبها التفتت إليه وأخذت تكتب شيئا على ظهره.

وعندما أمعنت النظر وجدت بأنها تكتب له كلام حب على جلده

تقدمت منها والدتها وأخبرتها (وهي بشكل فرس)
وقالت لها:

اخبري حمدانسيوس كم تحبينه

عبري عن مشاعرك

اكتبي له ما تريدين أن يسمعه منك

اكتبي على السماء والأرض

على السهول والجبال

على البحيرة والماء

أكتبي له حبك

لكي يقتنع كل العالم وكل الموجودات

عبري عن حبك بقوة

لكي يتحرر حمدانسيوس

أكتبي من أجله ومن أجلك

هيا انطلقي

وان كنت صادقة وشعر العالم بذلك الحب فانه سوف
يتحرر بكل تأكيد

أفاقت جامينوس من حلمها واذا بها تجد الحصان
مازال هنا ولكن لا اثر لحمدانسيوس بشكله البشري
فقررت أن تبدأ في التعبير عن مشاعرها

أخذت دفترا وقلما واتجهت نحو الحصان وجلست
بجانبه وهي تكلمه وتكتب له:

الهوا والهوى

حمدانسيوس حبيبي ..

يا نَفَسِي، نَفْسِي،

الهوا والهوى ..

يا قلبي وروحي حياتي أنا ..

إعتني بنفسك لأجلك ،لأجلي لأجل أملنا أن نصبح معا

يوما أن نصبح سوا ..

حمدانسيوس حبيبي يا حبيب هذا القلب أحبك جدا ..

جامينوس

أشتاقك ..

حمدانسيوس

حبيبي صباح الحب يا حب ..

صباح الخير ..

صباح الورد والفل ..

صباح الشوق الذي يستمر مع الأيام ..

صباح العشق يا عشقي وغرامي ..

أشتاق لك فهل أنت تشتاق لي ؟

حمدانسيوس أتمنى لك يوما جيدا ..

إعتني بنفسك يا روحي ..

حمدانسيوس يا رَجُلِي الوسيم كن قويا ويا طفلي الصغير يا حنيني لك وحبي المشتاق دائما ..

أحبك دائما وأبدا ..

أحبك وأنا صاحية ..

أحبك وأنا نائمة وأحلم

.. وأحبك وأنا نعسانة جدا ..

أحبك حمدانسيوس ..

جامينوس

شوقا عظيما

حمدانسيوس

حبيبي أشتاق إليك شوقا عظيما ..

شوق حدّ البكاء ..

أحيانا أستغرب نفسي ..

أحيانا أنهار وأحيانا لا أنام الليالي ..

وأحيانا كثيرة أسرح بدون حدود ..

أحبك يا حمدانسيوس والأمر ليس بيدي ..

إنها روحي التي تأبى الرجوع إليا تسكن عندك ولم تعد هنا ..

وقلبي عشقك يملؤه ولا يسمعني حتى ..

لا ينبض لأجلي ولا لأجل عيش على الأرض بل ينبض حياة فيك ولك ..

أرأيت يا حمدانسيوس لم يبق لي من نفسي شيء إلا جسد طريح الشوق والعشق أرهقه بقوة الهجر والبعاد ..

حمدانسيوس أحبك بدمي ودمعي المنهمر ..
أحبك ولا مجال للجدال بين قلبي وروحي وجسدي ..

جامينوس..

حب حياتي

حمدانسيوس

حبيبي وحب حياتي ..

عمري وغرامي ..

مشتاقة لحضنك دائما وكلماتي التي تحتضنها متلهفة
للسفر إليك وإلى حضن الدفا فكيف أمنعها ..

أحبك بكل روحي وجوارحي وحروفي وأناملي التي
تكتب بلا إرادة مني ..

أحبك بعشق قوي وعميق ..

حبيبتك تشتاقك صباحا ..

جامينوس

سؤال بخاطري

حمدانسيوس

بما تفكر وكيف تقضي وقتك هناك؟

حمدانسيوس

حبيبي أشتاق لك دائما ..

هل أنت تحبني هذا سؤال يدور بخاطري كل الوقت

ولست أطرحه عليك فقط أخبرك بما يجول بخاطري ..

حمدانسيوس

هل تُرى نحن على طريق صحيح ..

هل أمامنا أمل بأذرع مفتوحة ..

هل لنا شيء جميل يخبؤه القدر يوما ..

من أنا بدونك ..

لا وجود لي ..

لا أرى نفسي بدونك إلا جسدا بلا روح أو قلبا بلا نبض..

ولكن ماذا عنك ؟

هناك بعض الظروف والأمور التي تجعلني أتساءل رغم أنني أحبك بلا حد ..

ولكن أخاف على حبي هذا ..

أخاف أن يتم قتله رغم أنني أدافع عليه بروحي ودمي..

أخاف أن يقضي هذا الهجر على حبي وأنت من يهجر..

حبيبي أسامحك لأنني أعلم أنك أنت لست من يهجر بمعى أو بآخر ..

قلبي يسامحك ولا أدري ما أقوله ..

في نفسي صراع كبير ..

قلبي وروحي يقولان أمورا والواقع يعاكسني بأمور
أخرى..

لا أدري ..

ما يجب قوله ..

لا أعرف ما أريد ..

كل ما أعرفه أنني أحبك وقلبي يحبك ويثق بك إلى
آخر يوم بحياتي ..

إلى الغسق الأخير ..

إلى آخر نبض ونفس ..

جامينوس..

أشعة الشمس الدافئة

حمدانسيوس

حبيبي يا أشعة الشمس الدافئة ورضا الروح ويا شوقي لك ويا قلبي حين يرفرف لك وقلبي حين يشعر بأنه ضعيف بعيدا عنك ..

حبيبي أحبك ..

إشتقت لك ..

جامينوس..

صباح الحب والخير

حمدانسيوس حبيبي صباح الحب يا حب ..

صباح الحب والخير ..

صباح يوم جديد ..

صباح أمل وحب بعيد ..صباح الدفء والحنين ..

صباح الخير يا ساكن القلب و ضَيْ العين ..

جامينوس

حب ملائكي

حمدانسيوس حبيبي وحياتي ..

نعم سوف أخلد للنوم فلا رغبة لي في البقاء مستيقظة
كما أن الحب فعلا يرهقني ..

يرهقني ..

يرهقني عشقك والشوق أيضا لذا قد أهرب للنوم
أحيانا..

رغم أنني أتقلب كثيرا وأستيقظ كثيرا في الليل كما أنك
تأتي في أحلامي ..

حمدانسيوس أشعر بالنعاس كثيرا هل تصدق؟ ..

تصبح على حب يا حب ..

أحبك حب ملائكي بريء نقي ..

حب بصفاء لون السحب البيضاء ..

حب بطهر قطرات الماء التي تتنزل من السماء ..

حب كنسمات الفجر في البراءة والنقاء ..

حب بدفء شعاع الشمس وهي في كبد السماء ..

حب كضرورة النفس والهواء ..

حب يملأ القلب والروح وكل الأجواء ..

حب يملأ كياني ويملأ كل الأرجاء ..

حب أزلي أبدي حب خلود وحب حتى الفناء ..

أحبك حمدانسيوس ..

جامينوس..

صباح العشق والغرام

حمدانسيوس حبيبي صباح الحب يا حب ..

صباح الخير ..

صباح الورد والفل والياسمين على عيونك ..

صباح الجمال على روحك الجميلة ..

صباح الشوق والدفء والحنين ..

صباح العشق والغرام والوله ..

صباح الحب على قلبك ..

يا صباحي أنا ..

إنت صباحي والهنا ..

أحبك يا حمدانسيوس حبيبي أنا ..

حبيبتك ..

حبيبة قلبك جامينوس

دمت سالما

حمدانسيوس حبيبي ..

كل عام وأنت بخير وصحة ..

دمت سالما ..

كل عام وأنت حبيبي ولي قلب وروح ..

يا وطني وٱنتمائي ..

يا فرحي وكل أعيادي ..

حمدانسيوس حبيبي ... ...

جامينوس

يا حبيبي

يا حبيبي

يا حمدانسيوس الله يرعاك وروحي ترعاك ..

إشتقت لك ..

دائما حبيبتك ها هنا مشتاقة لك وتحبك ..

حبيبة قلبك تفكر فيك كل الوقت ..

أحبك حمدانسيوس حبيبي إلى الأبد ..

جامينوس

إيمان بالحب

حمدانسيوس صباح الخير ..

أنت تعلم ما بي ..

وتعلم أن حنيني أقوى مني ..

هل هذا ضعف أو قوة حب ؟ ..

أنا أعلم ..

إنه قوة إيمان بالحب وثقة في قلبي وثقة قلبي فيك وفي حبك ..

لا أعلم ما يجب قوله ..

ولكن ..

ما أعلمه أنني أحبك ..

نعم أحبك وأنا حبيبة قلبك الحائرة ..

حبيبتك يا حمدانسيوس يا حبيب قلبي وروحي ..

حبيبتك هنا تحبك وستحبك إلى الأبد ..

جامينوس..

أنت غرامي

حمدانسيوس

حبيبي ..

حبيب قلبي وروحي ..

حمدانسيوس حياتي ..

حبيبي إشتقت لك ..

حمدانسيوس أحبك ..

حمدانسيوس هل إشتقت لي ؟ ..

حمدانسيوس كيف حالك ؟

أحب الإطمئنان عليك ..

أحب مرافقتك في يومك وتفاصيله ..

أحب وجودي معك في الليالي المقمرة

والليالي المضاءة بوجودك يا قمري الجميل ..

حمدانسيوس أنت غرامي ..

جامينوس..

هل الحب موجود ؟

حمدانسيوس

هل الحب حق ؟ ..

هل الحب صح ؟ ..

هل الحب ذنب ؟ ..

هل الحب خطأ ؟ ..

هل الحب واجب ؟ ..

هل الحب موجود ؟ ..

الحب في قلبي موجود ..

الحب في الروح والعيون ..

نعم موجود ولكن ... ...

ولكن هل تظن أنت أن الحب موجود؟ ...

هل برأيك الحب موجود ؟ ..

هل الحب في قلبك موجود ؟ ..

هل الحب في قلبك هو لي ؟ ..

جامينوس..

أنت هنا

حمدانسيوس حبيبي قد أغفو من دون أن أقصد الذهاب إلى النوم ..

لا أتحمل فكرة أن أنام ولا رغبة لي بالنوم ..

أريد أن أسهر معك .. أريد أن أفكر فيك ..

أريد أن أحس بك ..

أريد أن أحس بأنك قريب ..

ويل قلبي يكاد يجن كلما ذكرت هذا الأمر أنك قريب ..

أنك هنا ..

حمدانسيوس حبيبي ..

حبيبي ..

يا سبب وجودي ويا معنى الوجود ..

يا من روحي تسكن عندك ..

حمدانسيوس حبيبي لا أريد النوم ولكن قد يكون عالم
الأحلام ينادي ..

قد أراك بحلمي يا حبيبي ..

حمدانسيوس حبيبي أستأذنك رغم أنني وحق العشق
الذي بيننا وحق حبنا انني لا أستطيع ان أنام وأنت ..

انت ..

أنت .. هنا ..

حمدانسيوس حبيبي ..

أحبك ..

حمدانسيوس هذه اللحظة تبدو حقيقية للغاية وكأنني
استطيع أن أخرج خارجا وأقول بعلو صوتي "
حمدانسيوس أحبك " وقد تسمعني أنت ..

حمدانسيوس جامينوس عاشقتك وحبيبتك تحبك ..

أحبك ..

تصبح على حب يا حب ..

ليتنا معا ..

أريد ان أغفو في حضنك حبيبي ..

حبيبي إطبع لي قبلة على خدي ..

قبلة حب تجعلني أحبك ألى الأبد ..

قبلة خلود في حبك ..

جامينوس..

الشوق والهيام

حمدانسيوس حبيبي صباح الحب يا حب ..

صباح العشق والغرام ..

صباح الشوق والهيام ..

صباح الوله ..

صباح الورد على عيونك ..

صباح الهنا يا هنا الروح والقلب ..

صباح البسمة على شفاهك ..

صباح الرضا على قلبك ..

قلبك حبيبي قلب النقاء والصفاء ..

صباح الياسمين وعبير الأزهار ..

صباح كل جميل على هذه الارض لحبيبي الجميل ..

حبيبي الوسيم ..
طفلي الصغير قلبي وروحي صباح الخير ..

صباح الحب ..

جامينوس

بين ذراعيك

حمدانسيوس حبيبي أريد أن أغمض عيوني في حضنك ..

حمدانسيوس ضمني لقلبك ودعني أسمع نبض الروح والحياة ..

دعني أغطس عالم العشق ..

دعني أرتمي بين ذراعيك ..

حمدانسيوس اريد أن أسكن حضنك إلى الأبد ..

حمدانسيوس حبيبي أحبك بقوة وعمق وعمق ..

جامينوس..

يا صباحي الجميل

حمدانسيوس حبيبي صباح الحب يا حب ..

صباح الخير ..

صباح الشوق يا حبيب الروح ..

يا حبيب القلب

صباح قلب ولهان

وعاشقة عيونها متلهفة لرؤيتك ولقياك

ولو برسالة في هذا الصباح

يا صباحي الجميل

يا شمس المشرق الدافئة بالحب ..

صباح الحب يا حمدانسيوس ..

جامينوس ..

هل اشتقت لي ؟

حمدانسيوس هل اشتقت لي ؟

أنا اشتقت لك ..

وكثيرا ..

وفكرت فيك طول النهار ..

قمت ببعض الأعمال الروتينية في البيت لا غير ..

ولم أكتب شيئا ..

فكرت أن أكتب لك حتى من دون أن أرسل ثم تراجعت لأنني منذ فترة لم أعد أكتب إلا ما أرسله لك ..

وفكرت كثيرا فينا ..

فكرت فيك وفكرت في نفسي يا كل نفسي ..

يا كل أهلي ووطني ..

يا روحي والفؤاد والقلب والجسد ..

حمدانسيوس شعرت بالبرد اليوم كثيرا ..

لماذا هذا البعد كتب علينا؟

حمدانسيوس هل تحبني ؟ ..

جامينوس

الكتابة..

لقد أصبحت الجايمينوس تقضي كل وقتها في الإسطبل

مع حبيبها

وعندما ينام

تقضي وقتها في الكتابة له

كانت تكتب له صباحا عندما تستيقظ وليلا قبل أن تنام

وكانت تكتب له كلما شعرت برغبة في فعل ذلك

وأيضا كلما احتاجت أن تفعل ذلك

وكلما شعرت بالشوق

وكلما شعرت بالخوف والحيرة

ولكنها في الليل كانت حقا تستطيع أن تنزع قلبها من صدرها وتغطس فيه الريشة وتكتب على كل شيء

كان بإمكانها حقا أن تكتب على مختلف الأسطح

فتاتك مليئة بالحياة

حمدانسيوس حبيبي ..

حبك ما يجعلني قوية وحية ..

ولكن أحيانا تصبح الحياة صعبة وكذلك الناس ..

رغم أنني أحاول الصبر على كل شيء . . . .

حمدانسيوس فتاتك تعتبر نفسها صبورة

ولكن يتمكن منها التعب في بعض الأحيان..

مثلما حدث اليوم ..

أتمنى لو أغمض عيوني أفكر فيك وأموت حبا ..

أموت وأنت ملئ العيون ..

أحبك رغم كل شيء ..

وعندما تنتهي قوتي

سوف

أنتهي

ولن ينتهي حبك مني ..

جامينوس..

الإيمان بالقدر

حمدانسيوس حبيبي .. حبيبي لماذا لسنا معا ؟ ..

أليس ظلما أننا لسنا معا ..

حبيبي أنت وأنا أشتاق لك كل اللحظات والثواني ..

أشتاق لك بعدد الدقائق والساعات من يوم أن خلق البشر ..

أشتاق لك ..

وأريد حضنك أن يحميني ..

لا أحد لي غيرك فمن قد يحضنني ويحميني ؟ ..

حبيبتك أرهقتها الحياة وأتعبها الناس وقهرتها الظروف اليوم ..

حبيبتك تناديك .. لعلك تسمع النداء ..

حبيبي حمدانسيوس ..

حمدانسيوس أظن أن لا أحد يريدنا أن نكون معا ..

ولكن ماذا عن القدر هل مكتوب لنا أن نكون معا ..

أنا أؤمن بالقدر ..

أؤمن بك ..

أثق بك ..

وأريد أن نكون معا .. ولكن حمدانسيوس حبيبي ماذا
عنك أنت ؟ ..

حمدانسيوس أحبك وحبك يملأ قلبي وروحي وكياني ..

أنت تملأ عيوني وقلبي ..

حمدانسيوس أحبك يا قلبي .. حمدانسيوس لم يخلق
الحب في قلبي إلا لك بل قلبي كله خلق لك ..

جامينوس..

لماذا الجروح؟

حمدانسيوس أنت تعرف أنني لا أتحكم بنفسي ولكن لماذا الجروح؟ أعلم أنك لم تجرحني يوما ولكن لماذا تدع الدنيا تجرحني..

لماذا تتركني أتخبط هكذا .

حمدانسيوس الإيمان لا يُقْتَلَعُ من القلب أبدا فالمؤمن يموت مؤمنا وكذلك هو قلبي المؤمن أنت تعلم أنه يؤمن بك وبحبك..

جامينوس

حبيبي أحبك ملء قلبي وملء العيون وملء الروح ..

أحبك بكل جوارحي ..

وفي كل حالاتي حتى وأنا مريضة..

حتى وأنا تعبانة ..

حتى وأنا حزينة ..

حبيبة قلبك ..

جامينوس ..

إشتقت لك

حبيبي حمدانسيوس إشتقت لك كثيرا ..

إشتقت لك ..

إشتقت إشتقت إشتقت ..

لقلبك إشتقت ..

لروحك إشتقت روحك التي أحسها تضمني وتلفني لعيونك بحاري، وطني و داري إشتقت ..

لوجهك إشتقت، وجهك حبيبي نور عيوني صباحي ومسائي ..

لكل جزء منك إشتقت لصوتك، لنظرتك، لبسمتك، ..،

إشتقت لك أنا إشتقت ..

جامينوس ..

حضن حبيبي

حمدانسيوس حبيبي ..

حمدانسيوس غرامي ..

آه لو تعلم كم إشتقت لك ..

آه لو تعلم يا حبيب هذا القلب كم أنا مشتاقة لك الآن ..

حمدانسيوس هل تريد أن تعرف بما أنا أفكر ؟ ..

أريد يا حبيب قلبي وروحي أن آتي إليك الآن ولكن
ليس بروحي فقط بل أريد أن آتي إليك الآن كلي بكياني
روحي وقلبي وكلي ..

حمدانسيوس إنها أمنية أو رغبة مفاجئة ..

إنها فكرة تخطر ببالي الآن ..

حمدانسيوس حبيبي الجو بارد هنا اليوم ..

برد الجو يحمل معه بردا يجعلني أفكر بقسوة البشر وبرد قلوبهم ..

وبرد الزمن الذي يجعلني أشعر بالشوق كثيرا لك ..

حمدانسيوس أنا أشعر بالبرد وأريد أن آتي إليك فهل تستقبلني ؟

أريد حضنا دافئا وكبيرا ..

حضنا عميقا وحنون .. حمدانسيوس هل تستقبلي مقيمة أو مقيمة دائمة ..

مقيمة دائمة للأبد في ذلك الحضن حضن حبيبي ..

حمدانسيوس أريد أن أسكن حضنك وقلبك ..

حمدانسيوس دعني أرتمي بين ذراعيك ولا تفلتني للأبد ..

حمدانسيوس أعطني قلبك أسكنه قلبك حبيبي ..

فأنت وطني وكل الدنيا أنت حياتي ومماتي ..

حمدانسيوس أحبك ..

جامينوس ..

آسفة يا قلبي

حمدانسيوس حبيبي ..

عيوني تكاد تغمض من تلقاء نفسها ..

حبيبتك تشعر بالنعاس ..

حبيبي النوم سيخطفني منك

آسفة يا قلبي ويا روحي ويا عمري ويا نور العيون ..

حبيبي أظن أنني سوف أخلد للنوم وعشقك يملؤني
ويملأ قلبي وروحي ..

حبيبي سوف أنام وأنا أحبك ..

سوف أنام وحبك يلفني ويغطيني ..

حمدانسيوس حبيبي أحبك بروحي وقلبي وكل كياني ..

تصبح على حب يا حب ..

حمدانسيوس حبيبي أرسل لك قبلة من صميم قلبي بتوقيع الوريد ..

وأرسل لك قبلات شوق متلهفة للقائك ..

وأرسل لك قبلات عشق كانت متقدة في قلبي بعدد النجوم في السماء وعدد النجوم في تلك الصورة ..

حمدانسيوس حبيبي أحبك ..

جامينوس ..

شعور بالبرد

حمدانسيوس

حبيبي صباح الحب يا حب ..

صباح الخير ..

آسفة لأنني لم أرسل لك البارحة لا شيء يمنعني عنك إلا تعب أو ظروف قد تقهرني قد تبعدني قليلا ولكنها لن تمنعني عنك وحق العشق الذي بيننا ..

ولكنك دائما في أفكاري لم تفارقني للحظة واحدة ..

دائما مشغولة التفكير بك ولو كنتُ بين الناس ..

أنا حقا لم أنم جيدا ..

وإشتقت لك شوقا كبيرا وأحسست بفراغ داخلي وألم في روحي حين كنت بعيدة وكأنه زمن طويل وبارد ..

أحسست بالبرد كثيرا ..

ليتك هنا .. ليتك هنا فعلا ..

ليتك بجانبي ..

ليتني أراك وأحس بك ..

ليتك تقيني من البرد ..

حمدانسيوس حبيبي أحبك

وأشتاق لك .. دائما وأبدا ..

حبيبتك جامينوس

عشق القلب

حمدانسيوس حبيبي ..

عشقي وغرامي ..

يا عشق الروح ..

يا عشق القلب ..

أحبك ..

جامينوس ..

ليتنا معا

حمدانسيوس حبيبي أحبك ولن تتخيل مدى حبي لك ..

والشوق في قلبي وفي روحي لك ..

حبيبي **حمدانسيوس** حبيبتك دائما لك مشتاقة ..

لا أعلم لما الشوق من ليلة البارحة لا يفارقني إحساس

بلهفة وتوق ..

لا أعلم ما الذي يحدث لي يا **حمدانسيوس** ..

ليتنا معا ..

جامينوس..

عمري

حمدانسيوس حبيبي ..

حبيبي يا روح العمر والحياة ..

عمري وقلبي..

حمدانسيوس حبيبي قلبي يفيض بالحب لك ..

وصدري يملؤه الحنين ..

وروحي هائمة ترغب السكن عندك معذبة روحي
وكذلك أنا معذبه ..

قلبي يؤمن بك ..

والبعد هذا مؤلم رغم الخوف من كل المجهول ..

حمدانسيوس أحيانا أخافك لكن حبي أقوى من خوفي
منك أقوى بكثير ..

أحبك يا دنيا الأمان ..

وحضن الهنا ..

يا دفى القلب ووطن الروح يا حمدانسيوس ..

جامينوس..

كل عالمي

حمدانسيوس حبيبي .

أظن أن الوقت متأخر جدا عندك

فالساعات تختلف باختلاف الزمان والمكان وايضا
باختلاف العوالم يا حبيبي وكل عالمي

يجب أن تنام حبيبي لتنال قسطا من الراحة ..

صغيري الجميل ..

هل آتي لأغطيك حبيبي ؟

نعم أنا أحب أن أسهر على راحتك ..

أحافظ عليك داخل عيوني ..

حمدانسيوس حبيبي ليتني معك ..

يا يقين القلب بالحب ..

يا إيمان قلبي بالعشق ..

يا مالك روحي أمري وعمري ..

يا حبيب هذا القلب ..

أدعو الله أن يرأف بنا الزمان .بي وبقلبي وبروحي وجسدي ..

حمدانسيوس حبيبي أحبك وأشتاق لك كل لحظة وثانية ..

حمدانسيوس تصبح على حب يا حب ..

أمنيتي لهذه الليلة يا حبيبي : ليتني بجانبك ..

جامينوس..

أين أنت ؟

أين انت عني؟

حمدانسيوس حبيبي أين أنت عني وعن قلبي؟ ..

حمدانسيوس قلبي يناديك ..

هل سمعت نداه ؟ ..

حمدانسيوس.. ... .

حمدانسيوس أنا مشتاقة والأمل بين يقين وموجات
ضباب ..

حمدانسيوس أحيانا أتساءل لماذا هكذا ؟ ..

أحبك وإيماني بالحب عميق ..

ولكن أملي بأن نكون معا لا يكاد يظهر من بين سحب
الغموض والهجر ..

الهجر قاس جدا وما يجعلني أتحمله إيمان قلبي بك ..

أنا في حيرة من أمري ..

تائهة من نفسي وأحيانا أتوه منك ..

جامينوس..

كؤوس العشق

حمدانسيوس حبيبي ..

أشتاق لك قلبي ..

وإشتاقت لك روحي .. وأنا مشتاقة لك دائما ..

يا حبيبي أين أنت من كؤوس العشق يا غرامي ؟ ..

أيها الحبيب ترى كيف حالك وحالي ..

حمدانسيوس أنت لا تفارقني في صحوي ولا في نومي

ولا حتى بين الصحو والنوم ..

أحبك وأشتاق لك ..

حبيبتك ..

جامينوس ..

سحابة صغيرة

حمدانسيوس حبيبي يا من يسكن قلبي وروحي ..

حمدانسيوس هل ..

هل أنا حبيبتك ؟ ..

هذا سؤال يطرح نفسه عليّا دائما كسحابة صغيرة
تتجول في غرفتي وأحيانا تحوم فوق رأسي ..
حمدانسيوس إنها الحيرة تختفي قليلا ولكنها لا تفارقني

..

حمدانسيوس ليتني أعرف ..

جامينوس ..

قلبي يناديك

حمدانسيوس حبيبي ..

حمدانسيوس لقد نمت ليلة البارحة وقلبي مقبوض ولا أدري لما ..

واليوم طول اليوم وقلبي مقبوض ..

قلبي تعبان ..

حمدانسيوس ناديتك وأنا أنادي ولازلت أنادي ..

حمدانسيوس حبيبي .. حبيبي ما الذي يجري ؟ ..

تعبت من هذا الغموض ..

والحيرة تملؤني ..

لما الحياة تعاملنا هكذا؟

تعبت من التعب ..

ليتنا معا ..

ليتني بجانبك وأنت بجانبي ..

يا روح قلبي ونبض حياتي ..

حمدانسيوس ..

حمدانسيوس قلبي يناديك ..

جامينوس..

أناديك حبيبي

أناديك حبيبي

حمدانسيوس حبيبي .. أنا أناديك حبيبي ولكن لا أعلم

إن كانت من حقي هذه الكلمة ..

أنت لم تخبرني بذلك ..

ولكن أنا أحس أنك حبيبي وقلبي هو من جعلك هكذا ..

أتمنى لو أنني حقا حبيبتك ولكن بغض النظر عن كلام

قلبي فمن قال ذلك غير هذا القلب ..

لا أحد ..

حمدانسيوس ..

أحيانا أرى أنني أخطئ وأحيانا أرى أنني على

صواب..

ولكن في الحقيقة لا أعلم ..

كل شيء غير واضح وحياتي أصبحت تتعبني أكثر ..

حمدانسيوس ..

أحيانا الظلم يكون في كل شيء وفي كل مكان وبطرق
مختلفة .. أحيانا يكون الصبر بقدر التعب وقد يكون
التعب صبرا ظلم ..

أحيانا يكون الأمل على قدر الصبر وقد يكون الامل
وهما ..

أحيانا لا أعرف ما أفعل وأتعب من كل الناس ..

تعبانة أنا جدا ..

هناك من يظلمني من دون أن يعرفني ..

وهناك من يظلمني من دون سبب ..

تعبت من الزمن والناس ومن الظلم ..

ظلم هنا وظلم في قلبي ..

قلبي مريض ..

وروحي معذبة ..

وأنا حقا أشعر بالوحدة وكأن لا أحد أبدا بجانبي ..

أنا لا أريد أي أحد بجانبي ..

كنت أتمناك أنت ولكن لا أعرف ما تتمنى أنت ..

هي الدنيا صعبة وقاسية صبرت عليها واليوم أنا
مرهقة من كل الدنيا ..

جامينوس..

أين أنت وأين أنا؟

أين أنت ؟

حمدانسيوس أين أنت وأين أنا ؟ ..

لماذا أنا أعاني لوحدي؟ ..

لماذا أنت بعيد عني ؟..

حمدانسيوس أعاني حبا عشقا وشوقا ..

ولا أعلم إن كنت أنت تحبني (بإستثناء كلام قلبي الذي
يثق فيك إلى آخر نبض فيه)

أعاني من الزمن والناس وأنت لست بجانبي لماذا ؟ ..

لماذا الزمن والدهر يقهرني ..

ولا أحد ينصرني. .

أنت لا تنصرني ..

لماذا أحس بالوحدة رغم أنك في قلبي ..

لماذا أتعب لا أحد يطمئنني بأن الحب موجود ..

وأنك إلى جانبي ..

هل أترك نفسي لغيري يقتلني ؟ ..

هل أدع أمري لغيري ؟ ..

لا أملك غير يدين أكتب بهما وأرفعها بالدعاء ..

لا أملك إلا قلبا وهبته لك ..

لا أملك إلا روحا متعلقة بك ..

لا أملك حتى شجاعة أدافع بها عن نفسي ..

لطالما كنت أفوض أمري لله ..

حمدانسيوس ليتك حقا موجود ..

ليت ضباب الغموض إختفى فقد أخذ كل مواسم
حياتي ..

ليت إنتظارك قد أزهر حبا ..

ليت ربيع حبنا قد ظهر ..

ولكن كأنك حقا لا تسمعني ..

جامينوس ..

حضنك

حمدانسيوس ..

حمدانسيوس حبيبي ..

يا حبيب هذا القلب ..

حمدانسيوس حبيبي أريد أن أرتمي في حضنك وأنسى كل الناس والهموم ..

اريد أن أغمض عيوني ولا أسمع إلا صوتك أنت ..

حمدانسيوس تعبانة ..

تعبانة في بعدك ..

تعبانة من المسافة والجفاء ..

لا أحس بالوجود ولا بالحياة ..

وكأنني لا أنتمي لأحد إلا لك ..

جامينوس

الحب عطاء

حمدانسيوس حبيبي .

أحبك ولا أعرف مصير حبي لك ..

أعلم أن الحب لا ينتظر شيئا ..

الحب عطاء بسخاء ..

ولكن أنا أحب جوهرة الحب التي في قلبي ..

مشاعري تلفها وتحميها وإيمان قلبي بك يجعلها تشع
باللمعان فيصلك نورها ..

حمدانسيوس أنا أعرف أن حبنا هو حب روحي ولكن
أظن أنه باللقاء يكتمل أو بالهجر قد ..

قد يقتل ..

حمدانسيوس حبيبي أنا أخاف على حبي لك ..

أخاف من كل الناس ..

أخاف من الظروف ..

لقد سبق ورأيت محاولات الظروف لقتل حبي لك ..

وأعلم أن الناس لن يسعدو بإجتماعنا ..

نعم فمن قد يغار أكثر من الغيرة من الحب ..

الحب الحقيقي لا يتم إيجاده بسهولة ..

الحب المؤمن نادر ولا تراه عيون البشر بسهولة لذا

أعرف بأن الناس لن يكونوا سعداء ..

حبيبي أحبك رغم الناس والظروف ..

أحبك فهل تحبني ؟..

جامينوس..

قلبي يؤمن بك

حمدانسيوس حبيبي ..

لك رسالة من قلبي ..

قلبي يحبك ..

قلبي يثق بك ..

قلبي يؤمن بك وبحبك ..

قلبي لا يؤيدني حين أطرح عليك سؤال(هل تحبني ؟)
..

لأنه يؤمن بحبك ..

حمدانسيوس أنا هي من في الحيرة وليس قلبي ..

حمدانسيوس أنظر حولي فلا أجدك ..

أشتاق لك فلا ترحمني من الشوق ..

لا أعلم علاجا للشوق إلا الحب ..وأنا أشعر بالحب وأشعر بالشوق ..

حمدانسيوس أحس بعشق يملأ القلب والروح ..

وأحيانا أحس بأنني مريضة ولا تعالجني فأنت الطبيب والدواء ..

حبيبي هذا تفكيري ولا أعرف إن كنت في الطريق الصحيح ..

أظن الحب طريق ..

ويلتقي العاشقان في وسط الطريق ويكملان مشوار الحياة معا ..

لا أعرف هل أنا على حق ؟ ..

حمدانسيوس انا لست أطالبك بشيء ولكن أظن أن الحب خلق بيننا وهو جزء في قلبك وجزء في قلبي ويجب أن يجتمع الجزءان ليكتمل الحب بيننا ..

لا أعلم عن قلبك وعنك ..

ولكن بالنسبة لي قلبي يحبك وأنت تملؤه ..

فهل هذا صحيح ..

وهل أنت ترغب في أن نجتمع يوما ؟ ..

هل تريد لهذا الحب أن يعيش ؟ ..

حمدانسيوس كيف لا تسقى أزهار الحب ونريدها أن تتفتح وتلمع تحت أشعة الشمس..

كيف لأرض الحب أن لا تجف وهي لا تسقى بكلمات عشق يروي شوقها ..

أنا تعبانة من الجفاء ..

تعبانة من الغموض ..

لماذا تتركني للشوق لوحدي ؟ ..

جامينوس..

روح الحب

حمدانسيوس حبيبي ..

حمدانسيوس مشاعري مضطربة وأنا جدا متوترة ..

حمدانسيوس يا روح القلب ..

يا روح الحب ..

حمدانسيوس يا حبيب هذا القلب ..

حمدانسيوس حبيبي .. حمدانسيوس..

جامينوس..

أنا أحبك

حمدانسيوس يا عشق الروح ..

يا إيمان القلب ..

حمدانسيوس يا غرامي ..

حمدانسيوس أنا متوترة وخائفة ومرتبكة ..

حمدانسيوس قلبي يكاد يقفز من صدري ..

وروحي ترفرف عاليا ..

حمدانسيوس..

حمدانسيوس أنا أحبك ..

أحبك ..

والعشق في قلبي كل يوم يصبح أكبر ..

أظن أنني الآن فقط عرفت لما أحسست البارحة بأنني أحبك أكثر ..

أحسست ليلة البارحة أنني أحبك بقوة وعمق أكثر من أي وقت مضى ..

أيها القريب يا ساكن القلب الروح والوجدان ..

جامينوس

رحماه

رحماه

حمدانسيوس حبيبي ..

شوق في قلبي ..

وشوق في روحي ..

وشوق في عيوني ..

وشوق في كلماتي ..

وشوق في حروفي ..

وشوق في رسائل الحب ..

وشوق في أفكاري ..

وشوق في الهواءوأنفاسي ..

وشوق في دمائي وعروقي ..

حمدانسيوس الشوق يملأ الدنيا ومحيطي ..

ويملأ كياني ..

أشتاق لك بكل جوارحي ومشاعري ..

فروحي تشتاق لك ..

وقلبي يشتاق لك ..

ومشاعري تشتاق لك ..

وأنا كلي أشتاق لك ..

يا حيرتي وشوقي ..

يا لهفتي وإشتياقي ..

رُحْمَاهُ يا قاتلي ..

رأفة بي يا هاجري ..

رُحْمَأُه .. رُحْمَأُه ..

جامينوس.

وقد لاحظت منذ أول يوم بأن ريش الحصان قد تغير لونه وأصبح يوما بعد يوم تزيد رشة بيضاء وتختفي ريشة سوداء فعلمت بأنه عليها أن تنزع كل الريش الأسود وتكب حبها له به لكي يصبح ريشه ابيض وقد داومت على فعل هذا حتى أصبح كل ريشه ابيض

علمت جامينوس بأنها قد حققت انتصارا

ولكنها لم تعرف ماذا الآن؟

وكيف سيتحول حمدانسيوس إلى إنسان.

لقد أخبرتها والدتها بأنه عليها أن تنتظر ظهور ثلاث أقمار مكتملة لكي يحدث التبادل فيدخل والدها إلى عالم الخيال ويسمح لحمدانسيوس بالبقاء في عالم البشر بدلا من والدها ولكن يجب أن يتحقق ذلك في نفس اليوم الذي قام فيه والدها بتلك المجازفة لكي يتحرر من الموقع الذي هو محبوس فيه.

أصبحت جامينوس تقضي كل وقتها مع حمدانسيوس وهي تحكي له عن حياتها وتعبر له عن حبها وشوقها له رغم وجوده ولكنه ليس موجودا بالفعل وكانت تكتب له الرسائل التي كانت تجعلها ترتاح حتى أنهت الثلاث شهور.

نهاية الفراق

ومع القمر الثالث دخل والدها إلى عالم الخيال وأصبح حمدانسيوس حرا طليقا.

له قلب حر فأهداه إلى حبيبته جامينوس وعاش معها أجمل حياة وهما ينتقلان ليلا إلى عالم الخيال ويقضيان أوقاتهما معا هناك وعلى الأرض أيضا.

تمكنت جامينوس من رؤية والدها والشعور به وسمعته يكلمها ولكنها لم تتمكن من رؤيته بشكله البشري أبدا.

لكنها كانت سعيدة لمعرفة أنه في عالم آخر مع والدتها يعيشان هناك بسعادة.

Sommaire

www.ingramcontent.com/pod-product-compliance
Lightning Source LLC
Chambersburg PA
CBHW031407150726
47989CB00002B/571